Le petit mercure

Une collection de textes courts : contes, nouvelles, correspondances, préfaces, interviews, manifestes, essais, pamphlets, fragments, poèmes.

Première livraison :
neuf contes choisis par Muriel Bloch

Hans Christian Andersen

Le compagnon de voyage

Traduction et postface de Régis Boyer

Mercure de France

ISBN 2-7152-1948-2

Le pauvre Johannes était bien triste : son père était fort malade et ne survivrait pas. Il n'y avait absolument qu'eux deux dans la petite pièce ; la lampe, sur la table, était sur le point de s'éteindre, c'était tard, le soir…

« Tu as été un bon fils, Johannes, dit le père malade, notre Seigneur t'aidera sûrement à faire ton chemin dans le monde ! » et il le regarda gravement de ses bons yeux, respira profondément et mourut ; on aurait dit qu'il dormait. Mais Johannes pleurait, maintenant, il n'avait plus personne au monde, ni père ni mère, ni sœur ni frère. Le pauvre Johannes ! Il se mit à genoux devant le lit et embrassa la main de son père mort, pleurant bien des larmes amères, mais ses yeux finirent par se fermer et il s'endormit, la tête contre le dur bois de lit.

Alors, il fit un rêve étrange : il vit le soleil et la lune s'incliner devant lui et il vit son père revenu à la santé, il l'entendit rire comme il riait toujours quand il était vraiment content. Une jolie fille, une couronne d'or sur ses beaux cheveux longs, tendait la main à Johannes, et son père disait : « Tu vois la fiancée que tu as trouvée ? C'est la plus charmante du monde. » Puis il se réveilla, toute cette beauté avait disparu, son père gisait, mort et froid dans son lit, il n'y avait absolument personne auprès d'eux ; le pauvre Johannes !

La semaine suivante, le mort fut enterré ; Johannes suivait de tout près le cercueil, maintenant, il ne verrait plus ce bon père qui l'avait tant aimé, il entendit que l'on jetait de la terre sur le cercueil, en entrevit le dernier angle, mais à la pelletée suivante, celui-ci aussi disparut ;

alors, ce fut comme si son cœur se brisait, tant il avait de peine. Autour de lui, on chantait un cantique, c'était tellement beau à entendre, les larmes lui vinrent aux yeux, il pleura et cela lui fit du bien dans son chagrin. Le soleil, splendide, brillait sur les arbres verts comme s'il voulait dire : « Ne sois pas si triste, Johannes ! tu vois comme le ciel bleu est beau ; ton père est là-haut maintenant, il prie le bon Dieu que tout aille bien pour toi, toujours !

– Je serai toujours bon, dit Johannes, ainsi, je monterai au Ciel, moi aussi, retrouver mon père, et quelle joie ce sera quand nous nous reverrons ! que de choses je pourrai lui raconter, et lui, à son tour, m'en montrera tant, il aura tant de choses à m'apprendre de toutes les délices célestes, tout comme il m'en a tant enseigné ici-bas. Oh ! quelle joie ce sera ! »

Johannes se représentait tout cela si nettement qu'il en souriait alors que ses larmes coulaient encore sur ses joues. Dans les châtaigniers, les petits oiseaux pépiaient : « Cui-cui ! Cui-cui ! », ils étaient tout contents quoique, bien sûr, ils assistassent à cet enterrement, mais ils devaient savoir que le mort était au Ciel maintenant, qu'il avait des ailes bien plus belles et plus grandes que les leurs, qu'il était heureux maintenant parce qu'il avait été si bon ici-bas, et c'était de cela qu'ils étaient contents. Johannes les voyait s'envoler des arbres verts pour s'en aller loin de par le monde et lui aussi eut grande envie de s'envoler avec eux. Mais d'abord, il tailla une grande croix de bois pour la mettre sur la tombe de son père et lorsqu'il l'y porta, le soir, la tombe était ornée de sable et de fleurs ; c'étaient des inconnus qui avaient fait cela, car tout le monde aimait tant ce cher père qui était mort maintenant.

Le lendemain matin, de bonne heure, Johannes fit son petit baluchon, serra dans sa ceinture tout son héritage qui consistait en cinquante rixdales et quelques skillings d'argent :

c'était avec cela qu'il voulait se rendre dans le vaste monde. Mais d'abord, il alla au cimetière, à la tombe de son père, dit son *Notre Père* et ajouta : « Au revoir, cher père, je serai toujours un homme bon, ainsi, tu prieras sûrement le bon Dieu que tout aille bien pour moi ! »

Dans le champ où marchait Johannes, toutes les fleurs étaient si fraîches, si jolies sous la chaleur du soleil, elles s'inclinaient au vent comme si elles voulaient dire : « Bienvenue à la campagne ! Est-ce que tout n'est pas charmant, ici ? » Pour Johannes, il se retourna encore une fois afin de voir la vieille église où, petit enfant, il avait été baptisé, où, chaque dimanche, il était allé avec son vieux père chanter son cantique. Alors il vit, tout en haut, dans un des trous du clocher, le nixe * de l'église avec son petit bonnet rouge pointu, qui se protégeait, d'un bras, le visage pour que le soleil ne lui blesse pas les

* Le nisse, ou nixe, est un nain.

yeux. Johannes lui fit au revoir d'un signe de tête et le petit nixe agita son bonnet rouge, se mit la main sur le cœur et se baisa plusieurs fois les doigts pour montrer tout le bien qu'il lui souhaitait et pour qu'il fît vraiment un heureux voyage.

Johannes pensait à toutes les belles choses qu'il pourrait voir dans le vaste monde magnifique, et il marcha, marcha, jamais encore il n'était allé si loin ; il ne connaissait pas les villes qu'il traversait ou les gens qu'il rencontrait, il était maintenant bien loin, parmi des étrangers.

La première nuit, il dut se coucher sur une meule de foin, dans un champ, pour dormir, il n'eut pas d'autre lit. Mais c'était charmant, trouva-t-il, le roi ne pouvait avoir mieux. Le champ tout entier avec la rivière, la meule de foin et le ciel bleu par-dessus faisaient une belle chambre à coucher. L'herbe verte avec ses petites fleurs rouges et blanches servait de tapis, les bosquets de sureau et les haies d'églantiers étaient les bouquets de fleurs, et pour lavabo, il avait toute la rivière avec son eau limpide et fraîche où les roseaux faisaient la révérence, disant à la fois bonsoir et bonjour. La lune était vraiment une grande lampe tout là-haut sous le plafond bleu et elle ne mettait pas le feu aux rideaux. Johannes pouvait dormir bien tranquille, et c'est bien ce qu'il fit, il ne se réveilla qu'au lever du soleil et tous les petits oiseaux alentour chantaient : « Bonjour ! Bonjour ! Tu n'es pas debout ? »

Les cloches sonnaient pour appeler à l'église, c'était dimanche, les gens allaient entendre le pasteur et Johannes les suivit, il chanta un cantique et entendit la parole de Dieu, il eut l'impression d'être dans sa propre église où il avait été baptisé et où il avait chanté des cantiques avec son père.

Dans le cimetière, il y avait beaucoup de tombes et de hautes herbes poussaient sur quelques-unes. Alors Johannes pensa à la tombe de son père qui allait aussi prendre l'air de celles-là, maintenant qu'il ne pouvait enlever les mauvaises herbes et la décorer. Il se baissa et arracha l'herbe, redressa les croix de bois qui étaient tombées et remit en place les couronnes que le vent avait enlevées, en pensant : « Peut-être que quelqu'un fera de même sur la tombe de mon père, maintenant que je ne le puis pas ! »

A la porte du cimetière, il y avait un vieux mendiant appuyé sur sa béquille, Johannes lui donna les skillings d'argent qu'il avait et poursuivit son chemin, heureux et content, de par le vaste monde.

Vers le soir, le temps devint épouvantable, Johannes se dépêcha de se réfugier sous un toit, mais il fit bientôt nuit noire. Alors, il atteignit enfin une petite église juchée toute seule sur une hauteur. Par chance, la porte était entrouverte et il se faufila à l'intérieur : il resterait là jusqu'à ce que le mauvais temps s'apaise.

« Je vais me mettre là, dans un coin ! dit-il, je

suis tout fatigué, j'ai bien besoin de me reposer un peu », puis il s'assit par terre, joignit les mains et récita sa prière du soir, et aussitôt s'endormit et rêva tandis qu'au-dehors se succédaient les éclairs et le tonnerre.

Quand il se réveilla, on était au milieu de la nuit, le mauvais temps était passé et la lune brillait sur lui à travers les fenêtres. Au milieu de l'église, il y avait un cercueil ouvert, un mort dedans qui n'était pas encore enterré. Johannes n'eut pas peur du tout, il avait la conscience tranquille et il savait bien que les morts ne font de mal à personne ; ce sont les vivants, les méchantes gens, qui font du mal. Or il y avait deux vivants, deux méchantes personnes de ce genre qui se tenaient tout près du mort qu'on avait déposé dans l'église avant de le mettre en tombe, elles voulaient lui faire du mal, ne pas le laisser en repos dans son cercueil mais le jeter par la porte de l'église, ce pauvre mort.

« Pourquoi voulez-vous faire ça ? demanda

Johannes; c'est mal, c'est méchant, laissez-le dormir, au nom de Jésus!

– Hé! bêtises!» dirent les deux sales individus, «il nous a trompés! il nous doit de l'argent, il n'a pas pu payer et maintenant, il est mort par-dessus le marché, comme ça, nous n'aurons pas un skilling, aussi nous voulons nous venger comme il faut, il va rester à la porte de l'église, comme un chien!

–Je n'ai que cinquante rixdales, dit Johannes, c'est tout mon héritage, mais je vous les donnerai volontiers si vous me promettez loyalement de laisser ce pauvre mort en paix. Je me tirerai sûrement d'affaire sans cet argent; je suis plein de santé et notre Seigneur m'aidera toujours!

– Oui, dirent ces horribles personnes, si tu veux payer ses dettes de la sorte, nous ne lui ferons rien, sois-en sûr!» Et ils prirent l'argent que Johannes leur donna, rirent bien fort de sa bonté et s'en allèrent; pour Johannes, il remit correctement le cadavre en place dans le cercueil, lui joignit les mains, dit au revoir et, assez satisfait, poursuivit son chemin par la grande forêt.

Tout autour, là où la lune parvenait à briller parmi les arbres, il voyait les charmants petits elfes jouer joyeusement ; ils ne se dérangeaient pas pour lui, ils savaient bien que c'était un brave homme innocent et qu'il n'y a que les méchantes gens pour ne pas pouvoir voir les elfes. Certains n'étaient pas plus grands que le doigt, leurs longs cheveux blonds étaient retenus par un peigne d'or, ils se balançaient deux par deux sur les grosses gouttes de rosée posées sur les feuilles et l'herbe haute ; parfois, la goutte roulait par terre, alors, ils tombaient parmi les longs brins d'herbe et il y avait des rires et des cris chez tous les autres petits lutins. C'était incroyablement amusant ! Ils chantaient et Johannes reconnaissait parfaitement toutes les belles chansons qu'il avait apprises, petit garçon. De grandes araignées diaprées, des couronnes d'argent sur la tête, devaient tisser, d'un buisson à l'autre, de longs ponts suspendus et des palaces qui, avec la rosée, avaient l'air de verre scintillant au clair de lune. Cela dura ainsi jusqu'au lever du soleil. Alors, les petits elfes pénétrèrent dans les boutons de fleurs et le vent emporta leurs ponts et leurs châteaux qui s'envolèrent comme de grandes toiles d'araignée.

Johannes était sorti de la forêt quand une forte voix d'homme cria derrière lui : « Holà ! camarade ! Où allons-nous ?

– De par le vaste monde ! dit Johannes. Je n'ai ni père ni mère, je suis un pauvre garçon, mais notre Seigneur m'aidera sûrement !

– Moi aussi, je m'en vais dans le vaste monde ! dit l'inconnu. Nous allons nous tenir compagnie !

– D'accord ! » dit Johannes, et ils s'accompagnèrent. Bientôt, ils s'aimèrent beaucoup car c'étaient des hommes bons tous les deux. Mais Johannes remarqua bien que l'inconnu était beaucoup plus malin que lui, il avait fait presque le tour du monde, il avait des choses à raconter sur tout ce qui existe.

Le soleil était déjà haut quand ils s'assirent sous un grand arbre pour prendre leur petit déjeuner ; au même instant arriva une vieille femme. Oh ! comme elle était vieille, elle marchait toute courbée, appuyée sur une béquille, portant sur le dos un fagot qu'elle avait ramassé dans la forêt. Son tablier était relevé et Johannes vit en dépasser trois grande verges de fougère et de saule. Alors qu'elle était tout près d'eux, un de ses pieds glissa, elle tomba à la renverse en poussant un cri aigu : elle venait de se casser la jambe, la pauvre vieille.

Johannes voulait qu'ils l'emportent tout de suite chez elle, mais l'inconnu ouvrit son havresac, en sortit un pot en disant qu'il avait là un onguent capable de lui guérir immédiatement la jambe, en sorte qu'elle pourrait rentrer chez elle toute seule, comme si elle ne s'était jamais cassé la jambe. Mais pour cela, il voulait qu'elle lui donne les trois verges qu'elle avait dans son tablier.

« C'est bien payé ! » dit la vieille en hochant bizarrement la tête ; elle ne tenait pas tellement à se séparer de ses verges, mais ce n'était pas drôle non plus de rester la jambe cassée ; aussi lui donna-t-elle les verges, et à peine lui eut-il frotté la jambe de son onguent que la vieille mère se releva et marcha beaucoup mieux qu'avant. Voilà ce que cet onguent était capable de faire. Seulement, on ne le trouvait pas chez le pharmacien non plus !

« Que veux-tu faire de ces verges ? » demanda Johannes à son compagnon de voyage.

« Cela fait trois beaux bouquets de fleurs ! dit-il. Ils me plaisent, car je suis un drôle de type ! »

Puis ils firent encore un bon bout de chemin.

« Hou ! le temps menace ! » dit Johannes en

pointant l'index devant eux, « voilà de gros nuages bien effrayants !

– Mais non », dit le compagnon de voyage, « ce ne sont pas des nuages, ce sont les montagnes. Ces splendides grandes montagnes où l'on monte au-dessus des nuages pour arriver dans l'air pur ! C'est magnifique, vois-tu ! Demain, nous serons sûrement aussi loin dans le vaste monde ! »

Ce n'était pas si près qu'il y semblait, il leur fallut toute une journée de marche pour arriver aux montagnes où les noires forêts poussaient tout contre le ciel et où il y avait des rochers grands comme toute une ville ; assurément, il y aurait un fameux tour à faire pour parvenir tout en haut, et c'est pourquoi Johannes et son compagnon de voyage entrèrent à l'auberge pour bien se reposer et rassembler des forces en vue de la marche du lendemain.

En bas, dans la grande salle de l'auberge, il y avait grand rassemblement : un homme y donnait la comédie avec son théâtre de poupées, il venait d'installer son petit théâtre et les gens s'asseyaient autour pour voir la comédie ; au premier rang, un vieux boucher massif avait pris place, et la meilleure ; son gros bouledogue – oh ! comme il avait l'air féroce ! – était assis à côté de lui et ouvrait de grands yeux, comme tous les autres.

La comédie commença, c'était une belle comédie avec un roi et une reine, ils siégeaient sur un trône magnifique, avaient des couronnes d'or et de longues traînes à leur robe car ils en avaient les moyens. Les plus mignonnes des poupées de bois, avec des yeux de verre et de grosses moustaches, se tenaient à toutes les portes qu'elles ouvraient et refermaient pour qu'il entre de l'air frais dans la salle ! C'était une gentille comédie, pas triste du tout, mais au moment précis où la reine se leva pour se mettre en marche, eh bien… Dieu sait ce que pensa le gros bouledogue : comme le gros boucher ne le tenait pas, il fit un bond sur le théâtre, saisit la reine par sa taille mince, si bien que cela fit knik ! knak ! C'était affreux !

Le pauvre homme qui dirigeait toute la comédie fut effrayé et bien désolé pour sa reine : c'était la poupée la plus mignonne qu'il avait, et voilà que ce dégoûtant bouledogue lui avait tranché la tête d'un coup de dents. Mais lorsque, ensuite, les gens s'en allèrent, l'inconnu, celui qui avait tenu compagnie à Johannes, dit qu'il la réparerait sûrement ; il sortit son pot et enduisit la poupée de l'onguent dont il s'était servi pour la pauvre vieille quand elle s'était cassé la jambe. Dès que la poupée eut été ointe, elle se retrouva intacte aussitôt, et même, elle pouvait remuer toute seule tous les membres, il n'y avait pas besoin de tirer sur la ficelle. La poupée était comme un être vivant, à cela près qu'elle ne savait pas parler. L'homme qui avait le petit théâtre de poupées fut tout content, ce n'était plus la peine de tenir cette poupée puisqu'elle pouvait danser toute seule. Il n'y en avait pas une autre qui le pût.

Lorsque, ensuite, il fit nuit et que tout le monde, à l'auberge, fut allé au lit, il y eut quelqu'un qui soupirait si profondément et qui continua si longtemps que tout le monde se leva pour voir qui ce pouvait être. L'homme qui avait donné la comédie alla à son petit théâtre car c'était dedans que l'on soupirait. Toutes les poupées de bois gisaient pêle-mêle, le roi et tous les gardes, et c'étaient eux qui soupiraient si lamentablement en regardant fixement de leurs gros yeux de verre, car ils auraient tellement voulu qu'on les enduisît un peu, comme la reine, pour qu'eux aussi puissent parvenir à se mouvoir tout seuls ! La reine se mit à genoux et tendit sa jolie couronne d'or tout en implorant : « Prenez-la, mais enduisez mon époux et mes courtisans ! » Alors, le pauvre homme à qui appartenaient le théâtre et toutes les poupées ne put se retenir de pleurer, il avait vraiment de la peine pour elles ;

il promit aussitôt au compagnon de voyage de lui donner tout l'argent qu'il recevrait pour sa comédie le prochain soir, s'il voulait seulement oindre quatre ou cinq de ses poupées les plus jolies. Le compagnon de voyage dit que tout ce qu'il demandait, c'était le grand sabre qu'il avait au côté, et, dès qu'il l'eut, il oignit six poupées qui, aussitôt, dansèrent, et si gracieusement que toutes les filles, les filles humaines, vivantes, qui les regardaient se mirent à danser aussi. Le cocher et la cuisinière dansaient, le domestique et la femme de chambre, tous les étrangers, et la pelle à feu, et les pincettes, mais ces dernières firent la culbute dès leur premier pas... oh oui ! ce fut une joyeuse nuit...

Le lendemain matin, Johannes et son compagnon de voyage quittèrent tout ce monde et gravirent les hautes montagnes, et traversèrent les grandes forêts de sapins. Ils arrivèrent si haut que les clochers des églises, tout en bas en dessous d'eux, finirent par avoir l'air de petites baies rouges dans toute la verdure, et ils pouvaient voir très loin, à des lieues et des lieues, où ils n'avaient jamais été ! Une si grande, si belle étendue de ce monde magnifique, Johannes n'en avait jamais encore tant vu, et le soleil brillait chaleureusement dans l'air pur et bleu, il entendait aussi les chasseurs souffler dans des trompes parmi les monts, c'était si beau, si sublime que, de joie, il en eut les larmes aux yeux et ne put s'empêcher de dire : « Ô Notre-Seigneur très bon, je t'embrasserais bien, toi qui es si bon pour nous tous et nous as donné toute la splendeur de ce monde ! »

Le compagnon de voyage aussi joignait les mains et regardait par-dessus forêts et villes dans la chaleur du soleil. A cet instant, il y eut un son merveilleusement délicieux au-dessus de leurs têtes, ils levèrent les yeux : un grand cygne blanc planait dans les airs ; il était très beau et chantait comme jamais ils n'avaient entendu oiseau chanter ; mais le chant s'affaiblit de plus en plus, l'oiseau courba la tête et s'affaissa très lentement pour tomber, mort, à leurs pieds, le bel oiseau.

« Deux ailes si magnifiques, dit le compagnon de voyage, aussi blanches et grandes que celles de cet oiseau, elles valent de l'argent, je veux les emporter ! Tu vois que c'est une bonne chose que j'aie trouvé un sabre ! » Et, d'un coup, il trancha les deux ailes du cygne mort, il voulait les garder.

Ils traversèrent les montagnes pendant des lieues et des lieues, jusqu'à ce qu'enfin une grande ville se trouve devant eux, avec plus de cent tours qui brillaient comme argent au soleil ; au milieu de cette ville, il y avait un superbe château de marbre, couvert d'or rouge, et c'est là qu'habitait le roi.

Johannes et son compagnon de voyage ne voulurent pas entrer immédiatement dans cette ville, ils restèrent à l'auberge, au-dehors, pour pouvoir se parer, car ils voulaient avoir bel air quand ils seraient dans la rue. L'aubergiste leur dit que le roi était un brave homme qui ne faisait jamais de mal à personne, mais que sa fille, Dieu nous garde ! était une méchante princesse. Pour du charme, elle en avait assez, nul ne pouvait être aussi beau et gracieux qu'elle, mais à quoi bon, c'était une mauvaise, une méchante sorcière qui était cause que tant de princes charmants avaient perdu la vie… A tout le monde, elle avait donné la permission de la demander en mariage, chacun pouvait venir, qu'il fût prince ou qu'il fût gueux, cela revenait au même. Il lui suffirait de répondre à trois questions qu'elle poserait : s'il en était capable, elle l'épouserait et il serait roi de tout le pays quand son père mourrait ; mais s'il ne pouvait deviner ces trois choses, elle le ferait pendre ou décapiter, tant cette charmante princesse était méchante et mauvaise. Son père, le vieux roi, en était bien affligé, mais il ne pouvait lui interdire d'être si mauvaise car il avait dit un jour qu'il ne se mêlerait jamais de ses prétendants : qu'elle fasse elle-même comme elle voudrait. Chaque fois qu'arrivait un prince qui devait deviner pour obtenir la princesse, il ne parvenait pas à s'en sortir et il était pendu ou décapité. On le prévenait à temps, pourtant, qu'il pouvait renoncer à faire sa demande. Le vieux roi était tellement navré de tout ce chagrin et de cette désolation que, tous les ans, une journée entière, il restait à genoux avec tous ses soldats, à prier pour que la princesse devienne bonne, mais elle ne voulait pas. Les vieilles femmes qui buvaient de l'eau-de-vie coloraient celle-ci tout en noir avant de boire, c'était leur façon de s'affliger, elles ne pouvaient faire davantage.

« L'affreuse princesse, dit Johannes, on devrait bien la fouetter, cela pourrait lui faire du bien ! Si seulement j'étais le vieux roi, elle en verrait de toutes les couleurs ! »

A ce moment, on entendit des gens, dehors, crier hourra ! La princesse passait et elle était réellement si charmante que tout le monde oubliait comme elle était mauvaise, voilà pourquoi on criait hourra ! Douze gracieuses demoiselles, toutes en robe de soie blanche, une tulipe d'or à la main, chevauchaient des palefrois d'un noir de charbon à ses côtés ; pour la princesse, elle avait un cheval tout blanc, orné de diamants et de rubis, son amazone était d'or pur et la cravache qu'elle tenait à la main avait l'air d'un rayon de soleil ; sa couronne d'or semblait faite de petites étoiles et sa cape était composée de milliers d'ailes de papillons ; et pourtant, elle était encore beaucoup plus belle que tous ses vêtements.

Quand Johannes l'aperçut, son visage devint rouge comme sang qui coule, et ce fut à peine s'il put dire un mot : c'est que la princesse avait tout à fait l'air de la délicieuse fille à la couronne d'or dont il avait rêvé la nuit de la mort de son père. Il la trouva bien belle et ne put s'empêcher de l'aimer. Ce n'était certainement pas vrai, dit-il, qu'elle pût être une mauvaise sorcière qui faisait pendre ou décapiter les gens s'ils ne pouvaient deviner ce qu'elle exigeait d'eux. « Tout le monde a le droit de la demander en mariage, n'est-ce pas, même le plus pauvre gueux, je veux monter au château ! je ne puis m'en empêcher ! »

Tout le monde dit qu'il ne devait pas faire cela, il en irait certainement de lui comme de tous les autres. Le compagnon de voyage le lui déconseilla aussi, mais Johannes était persuadé que tout irait bien, il cira ses chaussures et brossa son habit, se lava le visage et les mains, peigna ses beaux cheveux blonds et entra tout seul dans la ville, puis monta au château.

« Entrez ! » dit le vieux roi quand Johannes frappa à la porte... Johannes ouvrit et le vieux roi, en robe de chambre et pantoufles brodées, vint à sa rencontre ; il avait sa couronne d'or sur la tête, son sceptre dans une main et sa pomme d'or dans l'autre. « Attendez un peu ! » dit-il, et il mit la pomme sous son bras pour pouvoir lui tendre la main. Mais dès qu'il apprit que c'était un prétendant, il se mit à pleurer de telle sorte que le sceptre et la pomme tombèrent par terre et qu'il dut s'essuyer les yeux avec sa robe de chambre. Le pauvre vieux roi !

« Renonce, dit-il, ça ira mal pour toi comme pour tous les autres ! Tiens, viens voir ! » et il mena Johannes dans le jardin d'agrément de la princesse : un spectacle épouvantable ! A chaque arbre pendaient trois, quatre fils de rois qui avaient demandé la princesse en mariage mais qui n'avaient pas su deviner les choses qu'elle leur avait demandées. Chaque fois que le vent soufflait, tous les ossements cliquetaient, les petits oiseaux étaient épouvantés et n'osaient jamais entrer dans ce jardin, toutes les fleurs avaient pour tuteurs des ossements humains et, dans les pots de fleurs, il y avait des têtes de morts qui grimaçaient. Vraiment, c'était bien un jardin pour une princesse !

A ce moment, la princesse en personne, avec

toutes ses dames, entra, chevauchant, dans la cour du château, ils sortirent donc la trouver et saluèrent. Elle fut charmante, elle tendit la main à Johannes, il l'aima encore beaucoup plus qu'avant, elle ne pouvait décidément pas être une mauvaise sorcière comme tout le monde le disait d'elle… Ils montèrent dans la salle et les petits pages leur présentèrent des confiseries et des nonnettes au gingembre, mais le vieux roi était si triste qu'il ne put rien manger… et puis, les nonnettes étaient trop dures pour lui.

Il fut décidé que Johannes reviendrait au château le lendemain matin. Alors, les juges et tout le Conseil seraient rassemblés et ils entendraient comment il se tirerait du jeu d'énigmes. S'il s'en sortait bien, il devrait revenir deux fois encore, mais il ne s'était jamais trouvé personne encore qui eût deviné du premier coup et il leur avait fallu perdre la vie.

Johannes n'était pas du tout anxieux de la façon dont les choses se passeraient pour lui, il était tout content, il ne pensait qu'à la ravissante princesse et croyait que, très certainement, le bon Dieu l'aiderait, mais comment, il ne le savait pas et ne voulait pas y penser non plus. En revenant à l'auberge où le compagnon de voyage l'attendait, il dansait sur la grand-route.

Il n'en finissait pas de raconter comme la princesse avait été charmante pour lui et comme elle était délicieuse ; il languissait tant déjà du lendemain où il entrerait au château et tenterait sa chance.

Mais le compagnon de voyage hochait la tête, il était très triste. « Je t'aime tant, disait-il, nous aurions pu rester ensemble longtemps encore, et maintenant, je vais déjà te perdre ! Pauvre, cher Johannes, je pleurerais bien, mais je ne veux pas troubler ta joie, ce dernier soir, peut-être, où nous sommes ensemble. Nous voulons être joyeux, bien joyeux ; demain, quand tu seras parti, il me sera permis de pleurer ! »

En ville, tout le monde avait aussitôt appris

qu'un nouveau prétendant à la main de la princesse était arrivé et, en conséquence, il y avait grande affliction. Le théâtre était fermé, toutes les pâtissières avaient noué un crêpe noir autour de leurs cochons de sucre, le roi et les pasteurs étaient agenouillés dans l'église, telle était la désolation car, bien entendu, les choses ne pourraient aller mieux pour Johannes que pour tous les autres prétendants.

Dans la soirée, le compagnon de voyage prépara un grand bol de punch et dit à Johannes que, maintenant, il fallait être tout joyeux, et boire à la santé de la princesse. Mais lorsque Johannes eut pris deux verres, il eut si sommeil qu'il lui fut impossible de garder les yeux ouverts, force lui fut de s'endormir. Le compagnon de voyage le leva tout doucement de son siège, le posa dans son lit et, quand il fit nuit noire, il prit les deux grandes ailes qu'il avait coupées au cygne, se les attacha solidement aux épaules, la plus grande verge qu'il avait obtenue de la vieille femme qui était tombée et s'était cassé la jambe, il la fourra dans sa poche, ouvrit la fenêtre, prit son vol au-dessus de la ville, jusqu'au château où il se posa dans un coin, juste en dessous de la fenêtre de la chambre à coucher de la princesse.

Toute la ville était parfaitement silencieuse; l'horloge sonna minuit moins le quart, la fenêtre s'ouvrit, et la princesse s'envola, en grand manteau blanc, sur de longues ailes noires, au-dessus de la ville jusqu'à une grande montagne; mais le compagnon de voyage se rendit invisible, en sorte qu'elle ne put le voir, il vola derrière elle et fouetta la princesse si fort que le sang coulait là où il frappait. Hou! quelle course dans les airs, le vent s'engouffrait dans le manteau de la princesse, qui se déployait de tous côtés comme une grande voile de navire et la lune brillait au travers!

« Comme il grêle! comme il grêle! » disait la princesse à chaque coup qu'elle recevait, et elle le méritait bien. Enfin, elle arriva à la montagne et frappa aux portes. Il y eut comme un roulement de tonnerre quand la montagne s'ouvrit et la princesse entra. Le compagnon de voyage suivit, absolument personne ne pouvait le voir, il était invisible. Ils parcoururent un long couloir dont les murs étincelaient étrangement, c'étaient des milliers d'araignées scintillantes qui montaient et descendaient le long du mur et éclairaient comme du feu. Ils entrèrent alors dans une grande salle faite d'argent et d'or; des fleurs grandes comme des tournesols, rouges et bleues, flamboyaient aux murs; mais nul ne pouvait cueillir ces fleurs, leurs tiges étaient d'affreux serpents venimeux et les fleurs étaient le feu qui leur sortait de la gueule. Le plafond tout entier était peuplé de vers luisants et de chauves-souris bleu ciel qui battaient de leurs minces ailes, c'était fort étrange à voir. Au milieu de la pièce, il y avait un trône porté par quatre squelettes de chevaux dont les harnais étaient d'araignées lumineuses rouges ; pour le trône, il était en verre d'un blanc laiteux et les coussins pour s'asseoir étaient de petites souris noires qui se suivaient en se mordant la queue. Au-dessus, il y avait un dais de toiles d'araignée roses, parsemé de très jolies petites mouches vertes qui brillaient comme des pierres précieuses. Sur le trône siégeait un vieux troll, une couronne sur sa laide tête et un sceptre à la main. Il embrassa la princesse sur le front, la fit asseoir à ses côtés dans le précieux trône, et alors, la musique commença. De grosses sauterelles noires jouaient de la guimbarde, et le hibou se tapait sur le ventre car il n'avait pas de tambour. C'était un étrange concert. De petits nixes noirs, un feu follet sur le bonnet, dansaient en rond dans la salle. Personne ne pouvait voir le compagnon de voyage, il s'était placé juste derrière le trône, il entendait et voyait tout. Les courtisans qui entrèrent alors aussi étaient jolis et distingués, mais qui était capable de voir comme il faut s'apercevait bien de ce qu'ils étaient en fait : rien d'autre que des manches à balai surmontés de têtes de choux, que, par magie, le troll avait animés et pourvus d'habits brodés. Mais cela n'avait pas d'importance, ils ne servaient qu'à la parade.

Quand on eut dansé un peu, la princesse raconta au troll qu'elle avait un nouveau prétendant et lui demanda donc ce qu'elle pourrait imaginer de lui demander le lendemain matin quand il viendrait au château.

« Ecoute ! dit le troll. Je vais te dire une chose ! Tu vas choisir quelque chose de très facile, car alors, l'idée ne lui en viendra pas. Pense à une de tes chaussures. Il ne devinera pas. Fais-le décapiter ensuite, mais n'oublie pas, la nuit prochaine, quand tu reviendras me voir, de m'apporter ses yeux car je veux les manger ! »

La princesse s'inclina profondément et dit qu'elle n'oublierait pas les yeux. Le troll rouvrit la montagne et la princesse revint chez elle en volant, mais le compagnon de voyage suivit et la fouetta si fort qu'elle se plaignit vivement de la grêle et se dépêcha tant qu'elle put de rentrer dans sa chambre à coucher par la fenêtre. Pour le compagnon de voyage, il revola à l'auberge où Johannes dormait encore, détacha ses ailes et se mit au lit également car, assurément, il pouvait être fatigué.

Il était très tôt quand Johannes se réveilla le lendemain, le compagnon de voyage se leva aussi et raconta que, cette nuit-là, il avait fait un rêve très étrange sur la princesse et sa chaussure, et il le pria, pour finir, de demander à la princesse si elle n'avait pas pensé à sa chaussure ! Car c'était bien cela qu'il avait entendu dire au troll dans la montagne, mais il ne voulait pas en parler à Johannes, il le priait seulement de demander si elle avait pensé à sa chaussure.

« Je peux aussi bien questionner sur une chose que sur une autre, dit Johannes, il se peut que ce que tu as rêvé soit tout à fait juste, car je persiste à croire que notre Seigneur m'aidera ! Mais je veux tout de même te dire adieu, car si je devine mal, je ne te verrai jamais plus ! »

Puis ils s'embrassèrent, Johannes entra dans la ville et monta au château. La salle était comble, les juges siégeaient dans leurs fauteuils, ils avaient des coussins de duvet sous la tête car ils avaient tant à penser. Le vieux roi se leva et s'essuya les yeux avec un mouchoir blanc. Entra la princesse : elle était encore beaucoup plus ravissante que la veille, elle salua aimablement tout le monde, mais à Johannes, elle tendit la main en disant : « Bonjour, toi ! »

Maintenant, il fallait que Johannes devine à quoi elle avait pensé. Dieu ! comme elle le regardait amicalement, mais dès qu'elle l'entendit dire ce seul mot : « chaussure », elle devint toute pâle et trembla de tout son corps, mais cela ne pouvait servir à grand-chose, il avait deviné juste !

Sapristi ! comme le vieux roi fut content. Il en fit une culbute, on ne vous dit que ça, et tout le monde l'applaudit, lui, et Johannes qui avait deviné juste la première question.

Le compagnon de voyage aussi fut satisfait quand il apprit comme tout s'était bien passé ; mais Johannes joignit les mains et remercia le bon Dieu qui, certainement, l'aiderait encore les deux autres fois. Le lendemain déjà, il faudrait deviner de nouveau.

Le soir, ce fut comme la veille. Quand Johannes dormit, le compagnon de voyage suivit la princesse en vol jusqu'à la montagne et la fouetta encore plus fort que la fois précédente, car maintenant, il avait pris deux baguettes ; personne ne l'aperçut et il entendit tout. La princesse penserait à son gant, et c'est ce qu'il raconta à Johannes, comme si c'était un rêve ; alors, bien sûr, Johannes put deviner juste et il y eut grande liesse au château. Toute la cour fit des culbutes, comme on avait vu le roi le faire la première fois. Mais la princesse resta sur le sofa et ne voulut pas dire un seul mot. Il s'agissait maintenant de savoir si Johannes saurait deviner la troisième fois. Si tout allait bien, il épouserait la charmante princesse, n'est-ce pas, et il hériterait de tout le royaume quand le vieux roi mourrait. S'il devinait mal, il perdrait la vie et le troll mangerait ses beaux yeux bleus.

La veille de ce jour-là, Johannes se mit au lit de bonne heure, récita sa prière du soir et dormit très calmement ; mais le compagnon de voyage s'attacha les ailes sur le dos, se mit le sabre au côté, emporta les trois baguettes et vola jusqu'au château.

Il faisait noir comme dans un four, l'orage faisait voler les tuiles des toits et, dans le jardin, les arbres où étaient pendus les squelettes ployaient comme des roseaux quand soufflait le vent ; les éclairs fulguraient à tout instant et les roulements du tonnerre faisaient un éclat continu qui dura toute la nuit. La fenêtre s'ouvrit et la princesse prit son essor ; elle était pâle comme une morte mais elle riait du mauvais temps, ne le trouvant pas assez fort, son manteau blanc tourbillonnait dans l'air comme une grande voile de navire, mais le compagnon de voyage la fouetta tant de ses trois baguettes que le sang coulait jusqu'au sol et que, pour finir, c'était à peine si elle pouvait encore voler. Enfin, elle parvint à la montagne.

« Il grêle, il y a de l'orage, dit-elle, jamais je ne suis sortie par un temps pareil.

– On peut aussi avoir du bien en surabondance », dit le troll. Elle lui dit alors que Johannes avait deviné juste pour la deuxième fois ; s'il en faisait autant le lendemain, il aurait gagné et elle ne pourrait jamais plus venir à la montagne, jamais plus faire de tours de magie comme avant. C'est pour cela qu'elle était toute triste.

« Il ne pourra pas deviner, dit le troll, je vais bien trouver quelque chose à quoi il n'a jamais pensé ! ou alors, il faut que ce soit un plus grand magicien que moi. Mais maintenant, soyons joyeux ! » Et il prit la princesse par les deux mains, et ils dansèrent en rond avec tous les petits nixes et les feux follets qui se trouvaient dans la salle ; les araignées rouges montaient et descendaient le long du mur tout aussi joyeusement, on eût dit que les fleurs de feu scintillaient. Le hibou battait du tambour, les grillons jouaient de la flûte et les sauterelles noires soufflaient dans leurs guimbardes. C'était un joyeux bal !...

Lorsqu'ils eurent dansé assez longtemps, la princesse dut rentrer chez elle, sinon on aurait remarqué son absence au château ; le troll dit qu'il voulait l'accompagner, ainsi, ils seraient encore ensemble tout ce temps-là.

Ils s'envolèrent donc dans le mauvais temps, et le compagnon de voyage usa ses baguettes à leur fouetter le dos ; jamais le troll n'était sorti par une telle tempête de grêle. Devant le château, il dit au revoir à la princesse tout en lui chuchotant : « Pense à ma tête », mais le compagnon de voyage l'entendit et au moment précis où la princesse se glissait par la fenêtre de sa chambre à coucher, et que le troll voulait faire demi-tour, il le saisit par sa longue barbe noire et, de son sabre, trancha son affreuse tête de troll au ras des épaules, si bien que le troll ne parvint même pas à voir cela. Il jeta le corps dans la mer, pour les poissons, et la tête, il se contenta de la plonger dans l'eau, puis l'enveloppa dans son mouchoir de soie, l'emporta chez lui à l'auberge et s'étendit pour dormir.

Le lendemain matin, il donna le mouchoir à Johannes, en disant qu'il ne devait pas le dénouer avant que la princesse n'ait demandé à quoi elle avait pensé.

Il y avait tant de gens dans la grande salle du château qu'ils étaient serrés les uns contre les autres comme radis en bottes. Les membres du Conseil siégeaient sur leurs fauteuils, leurs moelleux coussins sous la tête, et le vieux roi portait des habits neufs, sa couronne d'or et son sceptre avaient été astiqués, cela vous avait un air tout à fait charmant. Pour la princesse, elle était toute pâle, elle portait une robe d'un noir de charbon, comme si elle devait se rendre à un enterrement.

« A quoi ai-je pensé ? » dit-elle à Johannes, et, aussitôt, il dénoua le mouchoir, et fut lui-même effrayé en voyant l'horrible tête de troll. Tout le monde frémit, car c'était un spectacle épouvantable, mais la princesse resta comme pétrifiée et ne put dire un seul mot ; finalement, elle se leva et tendit la main à Johannes : il avait deviné juste, bien entendu ; elle ne regarda personne, mais dit dans un profond soupir : « Maintenant, tu es mon maître ! Ce soir, nous célébrerons nos noces !

– Voilà qui me plaît, dit le vieux roi, c'est ce que nous allons faire ! » Tout le monde poussa des hourras, la garde parcourut les rues en faisant de la musique, les cloches sonnèrent et les pâtissières enlevèrent le crêpe noir de leurs cochons en sucre car c'était liesse maintenant. En plein milieu de la grand-place, on déposa trois bœufs rôtis, entiers, farcis de canards et de poules, chacun pouvait s'en couper un morceau; dans les fontaines coulait un vin exquis et si l'on achetait un bretzel à un skilling chez le boulanger, on recevait six pains au lait en supplément, des pains au lait avec des raisins secs dedans.

Le soir, toute la ville fut illuminée, les soldats tirèrent des coups de canon et les gamins lancèrent des pétards; au château, on mangeait et on buvait, on trinquait, on dansait, tous les messieurs distingués et les jolies demoiselles dansaient ensemble; on pouvait, de loin, les entendre chanter :

L'y a ici de belles filles
Qui ne demandent qu'à danser,
Leur faut du tambour, les gentilles,
Allons, ma belle, faut se tourner.
Danse et danse et tape du pied
Jusqu'à en user tes souliers !

Seulement, la princesse était encore une sorcière, elle n'aimait pas du tout Johannes. Le compagnon de voyage s'en souvint, aussi donna-t-il à Johannes trois plumes des ailes du cygne et un petit flacon contenant quelques gouttes, en lui disant de faire poser près du lit de la mariée une grande cuve remplie d'eau : quand la princesse voudrait monter dans son lit, il lui donnerait une petite secousse pour qu'elle tombe dans l'eau où il la plongerait trois fois, après y avoir jeté d'abord les plumes et les gouttes : alors, elle serait délivrée de sa sorcellerie et se mettrait à l'aimer beaucoup.

Johannes fit tout ce que lui avait conseillé le compagnon de voyage. La princesse cria très fort quand il la plongea sous l'eau, elle se débattit sous ses mains, devenue un grand cygne noir aux yeux étincelants ; la deuxième fois qu'elle émergea, le cygne était blanc à l'exception d'un cercle noir autour du cou. Johannes pria pieusement notre Seigneur et, pour la troisième fois, immergea l'oiseau et, à l'instant même, celui-ci se métamorphosa en ravissante princesse. Elle était maintenant encore plus belle qu'avant et, ses splendides yeux pleins de larmes, le remercia d'avoir rompu son ensorcellement.

Le lendemain matin, le vieux roi vint avec toute sa cour, et ce furent des félicitations jusque fort avant dans la journée. En tout dernier lieu, arriva le compagnon de voyage, il avait son bâton à la main et son havresac sur le dos. Johannes l'embrassa bien des fois, disant qu'il ne fallait pas qu'il s'en aille, il devait rester avec lui puisque c'était à lui qu'il devait tout son bonheur. Mais le compagnon de voyage secoua la tête et dit, doucement, amicalement : « Non, maintenant, j'ai fait mon temps. Je n'ai fait que payer ma dette. Te rappelles-tu le mort à qui des méchants voulaient faire du mal ? Tu as donné tout ce que tu possédais pour qu'il ait la paix dans sa tombe… Ce mort, c'est moi ! »

Au même instant, il avait disparu…

Les noces durèrent tout un mois, Johannes et la princesse s'aimaient beaucoup, et le vieux roi vécut bien des jours heureux, faisant sauter sur ses genoux leurs enfants tout petits et les laissant jouer avec son sceptre. Pour Johannes, il fut roi de tout le royaume.

POSTFACE

Miraculeux Andersen

Quelle excellente occasion de se débarrasser du « mythe Andersen » que ce superbe conte – l'un des tout premiers qu'il ait écrits, ou plutôt récrits puisque la première version, intitulée Le fantôme, *est de 1830, une date, donc, où il n'envisageait pas du tout de rédiger ces morceaux qui allaient faire de lui, à partir de 1835, l'un des plus grands écrivains européens de l'âge moderne !*

Car... allez donc classer, définir, caractériser cette histoire farfelue de mort reconnaissant, de brave benêt (un peu !) foncièrement bon et pieux, de nixe, d'elfes et de troll, de princesse ensorcelée, d'énigmes proprement insolubles, d'onguent magique, de plumes de cygne, de verges de fougère, de sabre au clair, tout un bric-à-brac vraiment confondant !

Parce que la merveille, c'est que cette histoire se lit, se lit très bien, avec plaisir, avec curiosité, pour un peu, on en redemanderait. Eh quoi ! Johannes va épouser la princesse, comme il se doit, après tant de tribulations, yeux bleus et cheveux blonds contre peau blanche et cheval noir. Et puis ce roi en pantoufles et robe de chambre qui s'en vient personnellement, mais sans lâcher son sceptre et sa pomme d'or, ouvrir la porte de son château au bon jeune homme. Et encore ce montreur de marionnettes dont la poupée-reine déclenche tout soudain la convoitise du gros bouledogue. Sans parler de ce jardin où les squelettes pendus aux arbres s'entrechoquent dans le vent. Ah ! j'allais oublier la cuve où l'on plonge la princesse après y avoir versé « trois plumes et quelques gouttes d'un petit flacon ». Un conte, cela ? Des calembredaines à dormir debout, oui ! Sans oublier les cochons de sucre des pâtissières, qui portent un crêpe noir autour du cou, jusqu'à nouvel ordre...

Il y a un mystère ou un miracle Andersen, et par là, tout est dit : manière commode et lâche de se tirer d'affaire. Lisez donc plutôt Le vilain petit canard *ou* Hans le balourd, *du même. Là, tout est clair, voilà, respectivement, du bon conte pour enfants ou de l'honnête récit populaire, nos repères sont valables, nous sommes en terrain connu. L'universitaire est à son aise, il dispose de sources, de témoins, il entend où placer ses virgules. Il salive salacement devant l'allure sado-masochiste dont la vilaine princesse est fouettée par les verges (ou par la grêle), il prodigue les noms en -isme derrière les figures, les péripéties, les structures !*

Mais Le compagnon de voyage *? Qu'est-ce que cette imagination en délire qui dote les araignées de pouvoirs lumineux et conçoit des coussins faits* *de souris se tenant par la queue ! Et ces sauterelles noires qui jouent de la guimbarde.*

Deux points au moins doivent impérieusement être avancés : Andersen n'écrivait pas pour les enfants, et tant pis si, par là, je scandalise. Je ne veux pas dire qu'il n'entendait pas que les enfants aussi *puissent le lire, mais le fait est qu'il se fâchait quand on le réduisait à n'être qu'un amuseur pour tout petits. D'ailleurs, allez donc la leur faire avaler, tout délurés qu'ils soient de nos jours, cette sombre histoire, aux petits enfants ! Bien sûr, il y a du* Mille et Une Nuits *dans ce récit, la princesse Turandot n'est pas loin non plus qu'Aladin ; il y a même du Joseph rêvant, tel que dans la Bible. Et je rougirais d'insister, pour y revenir tout de même, sur les petits cochons en sucre. Pourtant, comment faire « passer » ces gens tellement bons et innocents – Johannes, le compagnon de voyage – qui fréquentent des créatures si méchantes et cruelles – la princesse, le troll mangeur d'yeux bleus ! Atroce, je vous le dis !*

Alors, le conte populaire ? Là, nous sommes plus à l'aise, semblerait-il. D'ailleurs, Andersen lui-même, dans l'exergue qu'il écrivit pour Le fantôme, *a tenu à préciser qu'il voulait « remettre un cycle de contes populaires danois ». Et l'amateur se trouve vite à son aise : permanence du chiffre trois (trois verges, trois visites au troll, trois moyens nécessaires pour circonvenir les maléfices magiques, trois épreuves imposées par la princesse, trois immersions de ladite, etc), thème de la quête qu'entreprend le héros pour conquérir sa bien-aimée, fougères réputées magiques, onguent miraculeux et toute la population de nixes (dont un, celui de l'église, avec son bonnet pointu, est assez peu banal), de trolls conventionnellement laids, d'elfes : oui, nous sommes en famille, si l'on ose dire ! Il y a même un ton, un rythme, une organisation des épisodes qui ne dépaysent en rien le connaisseur. Et davantage : l'argument central du conte sort tout droit des sagas islandaises que connaissait bien*

Andersen ou du trésor des contes populaires islandais modernes, c'est ce personnage du mort-mal-mort, du draugr *pour l'appeler par son nom, qui est le compagnon de voyage. Il est vrai que, d'ordinaire, cette figure est plutôt maléfique, mais nous avons des exemples de* draugr *bons, et ce défunt reconnaissant ne nous dépayse pas. Et il convient de dire que nous disposons, de la sorte, de tout un décor, de toute une faune vraiment populaires qui renverraient aussi bien à nos nains, le troll du château de la montagne ayant, pour sa part, quelque chose de gigantesque, hideur comprise. Quant à la magie qui submerge littéralement toute cette histoire, elle est parfaitement classée avec ses rites de possession, ses transgressions de règnes, ses pouvoirs surnaturels : décidément, nous y voici ! Andersen a voulu refaire du Grimm, du Thiele (c'était le grand spécialiste des contes et légendes de son pays, au demeurant grand ami de notre auteur qui lui a dédié plus d'un recueil de ses contes) et par là, tout est dit. Entendons-nous bien :* Le compagnon de voyage, *ce peut être* aussi *un conte populaire, mais a-t-on le droit de conclure que, comme je viens de l'avancer, par là tout est dit ?*

Tout ? Voire ! Et ce Johannes qui ne porte même pas un nom danois (il aurait dû s'appeler Hans ou Per), ce draugr *encore une fois, qui ne sort pas du folklore local, ces épisodes comme ajoutés – le montreur de marionnettes, de nouveau, qui fera plus tard l'objet de tout un conte pour lui-même, sous ce titre précisément ; la petite vieille qui se casse soudainement la jambe, ce grand cygne qui s'en vient ex abrupto tomber, mort, aux pieds des héros… qu'est-ce que tous ces détails ont à voir avec le propos central, sinon par raccrocs, du reste trop visibles ? Et surtout, ce thème, vraiment récurrent dans toute l'œuvre, du bon jeune homme qui se fait à la force du poignet, qui part de rien pour finir roi parce qu'il est bon, innocent et toujours plein d'espoir dans les vues de la Providence divine, non, il ne figure pas dans la panoplie classée du bon conteur populaire. Au demeurant, comme toujours chez Andersen qui n'aura jamais su se débarrasser tout au long d'une œuvre vraiment prolifique de la manie de l'autobiographie à peine voilée, Johannes, c'est lui, parti à la conquête de sa princesse (qu'il n'obtiendra jamais, mais il a vingt-cinq ans lors de la première version de ce conte et tous les espoirs lui sont encore permis) et comptant, en fidèle Scandinave, sur les « bons » morts pour l'inspirer le temps venu. Et plus encore : cette coloration religieuse donnée à toute l'histoire, cette longue kyrielle de cantiques, de Notre Père, de méditations graves dans les cimetières... serions-nous dans un conte dévot ?*

Ainsi : conte pour les enfants ? Décidément, non. Conte populaire ? A la rigueur et si l'on fait abstraction de quantité de détails adventices.

En fait, et que l'on me pardonne le truisme, voici un conte... d'Andersen. Autrement dit : la fantaisie, une souveraine liberté, une série de cabrioles de l'imagination la plus débridée en sont la règle, et foin des exégèses savantes! Relisez Le compagnon de voyage *sous cet éclairage : vous sentez l'humeur folâtre volontiers vagabonde. Et que j'accroche un petit excursus totalement hors de propos pour mettre en relief les frasques d'un gros chien, et que je dote le montreur, sans préavis, d'un grand sabre au côté. Non que tout ce fatras soit inutile, notons-le bien : l'économie d'ensemble de l'histoire ne néglige aucun détail, on découvre sans peine que rien n'est gratuit ni fortuit, la science de la composition est sûre, l'auteur sait fort bien où il va. Mais cahin caha, au débotté, par le chemin des écoliers.*

Lequel passe par la Nature, avec majuscule. Et là, il faudrait insister. Champs dorés, forêt mystérieuse, petits oiseaux qui font cui-cui, insectes plus ou moins féeriques, formidables tempêtes de grêle et surtout – et nous revoici au cœur de toute inspiration scandinave authen-

tique – lune et soleil qui sont peut-être les seuls véritables acteurs de ce petit drame. Ils étaient divinisés deux millénaires avant Andersen, dans le Nord, l'un, « le » lune (car ce vocable était masculin), était signe de mort et de froid, l'autre, « la » soleil, toujours féminin dans ces langues, signifiait bonté, douceur, prospérité : il règne une inspiration sidérale dans Le compagnon de voyage. *L'auteur, à son insu s'il faut le dire, célèbre un culte que ses très lointains ancêtres n'auraient pas désavoué. Après tout, la mort du père préside à tout le récit, la mort, le mort sont comme un leitmotiv tout au long. Au fait : mort, quel sens cela peut-il avoir à qui sait voir, à qui veut croire ? A qui sait raconter ?*

Et c'est sans doute sur cette note qu'il faudrait refermer ces modestes considérations. Quand tout aura été dit, il reste cette voix de conteur inlassable, cette voix que l'on sent capable de tout dire, simplement malgré les énormités, ingénument en dépit de tout ce qu'une vaine psychologie voudra voir par-dessous, allègrement : l'auteur a pris autant de plaisir à conter que nous à le lire. Et que nous faut-il davantage ? Miraculeux Andersen !

RÉGIS BOYER

Régis Boyer est titulaire de la chaire de scandinave (langues, littératures et civilisation) à l'Université de Paris-Sorbonne (Paris-IV), auteur d'une vingtaine d'ouvrages, notamment sur les sagas islandaises, la religion nordique ancienne et les Vikings, et d'une soixantaine de traductions de l'islandais, ancien et moderne, du danois (dont Andersen), du norvégien et du suédois. Il a dirigé dans la Bibliothèque de la Pléiade l'édition des œuvres complètes d'Andersen.

Hans Christian Andersen
(1805-1875)

L'auteur naît à Odense, deuxième ville du Danemark, d'un père cordonnier et d'une mère lavandière. Il semble avoir été un enfant solitaire, précoce et passionné de lecture. Très tôt, il se montre extrêmement volontaire : à quatorze ans, il se rend seul à pied dans la capitale danoise, s'essaie au chant, au théâtre, à la danse, écrit des poèmes, des pièces. La sympathie qu'il inspire lui permet à plusieurs reprises de rencontrer des protecteurs. Le plus important sera Jonas Collins, qui lui obtiendra une bourse pour suivre des cours, passer son baccalauréat et faire quelques études à l'université.

A vingt-cinq ans, il publie son premier recueil de *Poèmes* avant de partir pour un tour de l'Allemagne. Ce voyage sera le premier d'une longue série ; il passera au total plus de neuf ans hors de son pays, rendant visite à toutes les personnalités politiques, littéraires et artistiques de son époque. C'est à trente ans qu'il publie ses premiers contes, *Contes pour les enfants*, sans doute par pur divertissement. Il connaît un succès immédiat et fera désormais paraître un recueil de contes par an. Andersen a beaucoup écrit, poèmes, romans, pièces de théâtre, récits de voyages, contes, qui possèdent un fort caractère autobiographique ; il laisse également un journal de près de quatre mille pages.

Il n'est pas, dans toute la littérature mondiale, d'œuvre plus connue et plus diffusée, sous toutes les formes imaginables, que celle-là.

Dans la même collection

Contes choisis par Muriel Bloch :

La princesse Camion. Mlle de Lubert
Le Chat noir. F.M. Luzel
Conte véridique. E.T.A. Hoffmann
Bregantino Bregantín. L. Cabrera
La chatte Cendrillonne. G. Basile
Ceci n'est pas un conte. D. Diderot
Le compagnon de voyage. H.C. Andersen
Contes hiéroglyphiques. H. Walpole
Les héritiers du Majorat. A. Von Arnim

Réalisation Pao : Dominique Guillaumin

Achevé d'imprimer
sur les presses de l'imprimerie Hérissey
en octobre 1995.

Dépôt légal : novembre 1995
N° d'imprimeur : 71107

8140